Olá, meninas e meninos!

TUDO BEM COM VOCÊS?

Vocês sabem que AMO desafios e que a minha cabeça não para de inventar histórias malucas, não é?

Foi por isso que eu decidi usar toda a minha criatividade para escrever uma aventura incrível e reunir váááários desafios e brincadeiras aqui neste livro!

Vai ser superdivertido viajarmos juntos pelo Mundo dos Games, mas vocês também terão uma missão muito importante: completar as atividades até o fim do livro e me ajudar a derrotar um supervilão!!!

"Uau, Luluca, que incrível! Mas como vamos fazer isso?"

Esperem que eu vou contar!

Nos desafios deste livro, nós vamos passar juntos por obstáculos megadifíceis e vocês vão me ajudar a resolver desafios superdivertidos.

Mensagem secreta

Para decifrar a mensagem e a missão, complete os espaços demarcados no quadro B com as letras correspondentes ao mesmo espaço do quadro A.

RESPOSTA:

Bilhete misterioso

PandaLu entregou um bilhete para a Luluca e desapareceu. Para descobrir o que está escrito, siga as setas que ligam as letras aos quadrinhos.

Luluca percebeu algo que ainda não tinha visto. Eram vários operários pintando de preto, branco e cinza um mundo que, antes, era todo fofo e delicado. O mundo mais colorido dos games estava ficando preto e branco.

A próxima pista desse mistério está escondida e Luluca precisa mostrar que é uma pessoa atenta para descobrir quem é o operário que poderá ajudá-la.

Encontre as diferenças

Claro, você vai ajudar. Mostre que também presta atenção aos detalhes e encontre 10 diferenças entre as imagens. Uma das diferença vai ajudar você nesse mistério.

Descubra o código

Para invadir o computador central do Mundo Colorido, a Luluca vai precisar identificar as partes que se encaixam no espaço abaixo. Quando conseguir montá-lo, você vai descobrir a sequência de teclas que desbloqueia o computador.

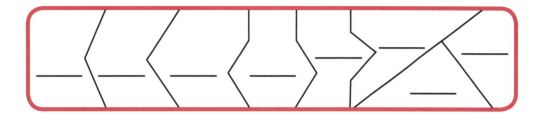

Resposta:

Jogo da memória

Para que tudo volte ao normal, Luluca precisa mostrar que é atenta e que tem boa memória. Olhe por alguns segundos para o quadro 1 e memorize as linhas que ligam as bolinhas. Depois, tampe-o com um papel e tente reproduzir o mesmo caminho no quadro 2. Luluca tem três chances. Dica: faça com lápis, assim, você pode tentar novamente se não conseguir na primeira vez.

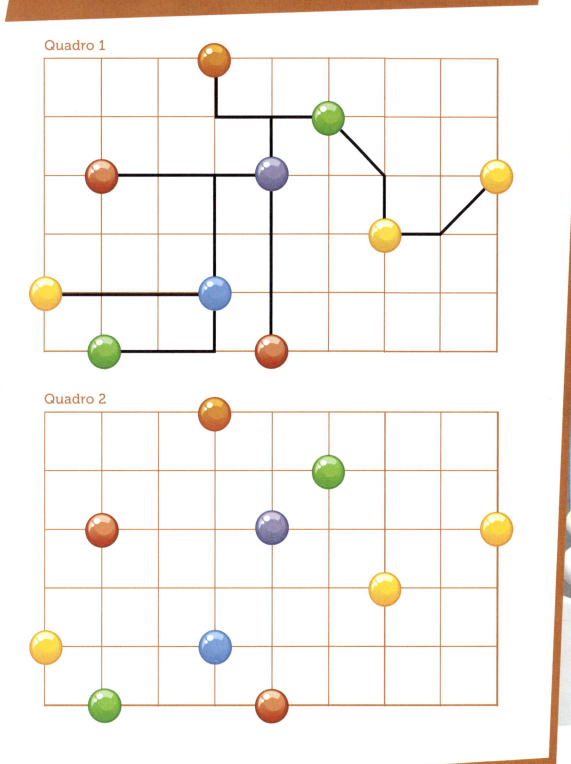

Luluca prestou bastante atenção e conseguiu encontrar todos os itens. Assim que resgatou o último coração cor-de-rosa escondido, um novo portal se abriu. Será hora de voltar para casa? Olhe fixamente para dentro do círculo para viajar junto com a Luluca.

Caminho de números

Luluca viu algo estranho passando por ela. Não parecia ser uma pessoa nem um bichinho, porque era realmente MUITO fino e diferente de tudo o que ela já viu. Luluca ficou curiosa e quer descobrir o que é, então, decidiu seguir o caminho que o serzinho estranho fez. Para chegar até lá, você precisa seguir corretamente do número 1 ao número 100.

Dica: há números repetidos. Preste atenção para não seguir a sequência errada.

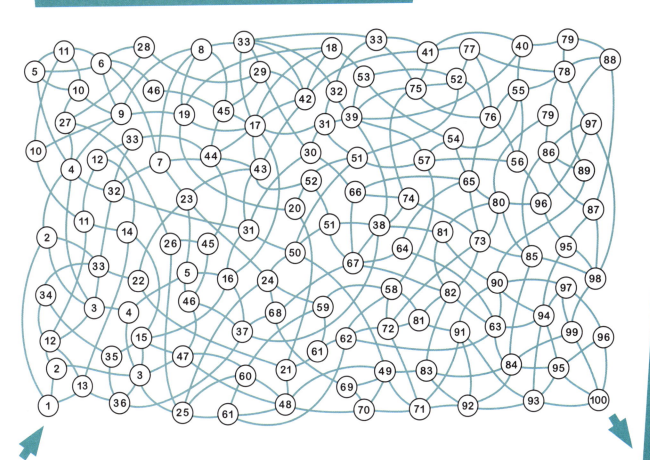

Luluca conseguiu descobrir o que passou por ela e ficou surpresa: era o PandaLu, que estava fininho, parecendo uma panquequinha. Ele contou para Luluca o que aconteceu e que, antes de ir embora, ela precisa salvar mais dois mundos. Caso ela não consiga, ficará presa para sempre no Mundo dos Games.

Ah, não! O que eu tenho que fazer agora???

Mensagem em blocos

_____ _____

_____ _____

_____ _____

_____ _____

_____

  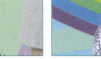

_____ _____ _____

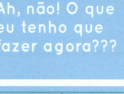

26

Adivinhe quem sou eu | De 2 a 6 jogadores

Pandinha, olha só que legal! Temos um jogo de tabuleiro só nosso. Para jogá-lo, recorte as cartas e os pandinhas no pontilhado, destaque o tabuleiro do meio do livro e chame alguém para jogar com você.

Objetivo: o primeiro jogador que passar por todo o tabuleiro e chegar à casa 20 vence.

Hora do jogo

Embaralhem bem as cartas. Depois, decidam qual vai ser a ordem de cada jogador e escolham a cor do pandinha de cada um.

Coloque as cartas viradas para baixo, formando uma pilha, e o primeiro jogador vai escolher uma e ler a primeira linha dela, onde está escrito "EU SOU...". Depois, o jogador sentado à esquerda tem 5 chances para adivinhar qual foi a carta que ele tirou, mas, para isso, ele só pode fazer perguntas que possam ser respondidas com "SIM" ou "NÃO". Por exemplo: se alguém tirar a carta "EU SOU UM LUGAR" e a resposta for "ESCOLA DA LULUCA", o jogador da vez poderá perguntar: "é um lugar que tem piscina?", "é um lugar para estudar?" e assim por diante.

A cada pergunta respondida, o jogador da vez pode dar um chute de qual carta é, totalizando 5 chances de adivinhar. Se o jogador acertar na primeira tentativa, pode avançar 3 casas no tabuleiro. Se ele acertar após a segunda ou terceira tentativa, pode avançar 2 casas. Já se ele acertar após a quarta ou quinta tentativa, avança apenas 1 casa.

Após acertar qual a carta, ela deve voltá-la ao fim da pilha. Não há penalidade para o jogador que erra o palpite, apenas se ele estourar as cinco tentativas. Nesse caso, não pode mover o peão no tabuleiro e passa a vez ao jogador da esquerda, que ainda pode tentar adivinhar qual carta é, com mais cinco tentativas. Se o próximo jogador ainda não adivinhar qual carta é, a carta volta para o monte. O jogo continua com o jogador que adivinhou a carta escolhendo uma nova carta e pedindo que o jogador à esquerda adivinhe qual é, e assim por diante.

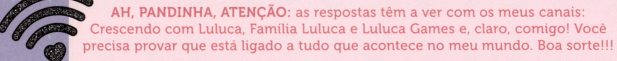

AH, PANDINHA, ATENÇÃO: as respostas têm a ver com os meus canais: Crescendo com Luluca, Família Luluca e Luluca Games e, claro, comigo! Você precisa provar que está ligado a tudo que acontece no meu mundo. Boa sorte!!!

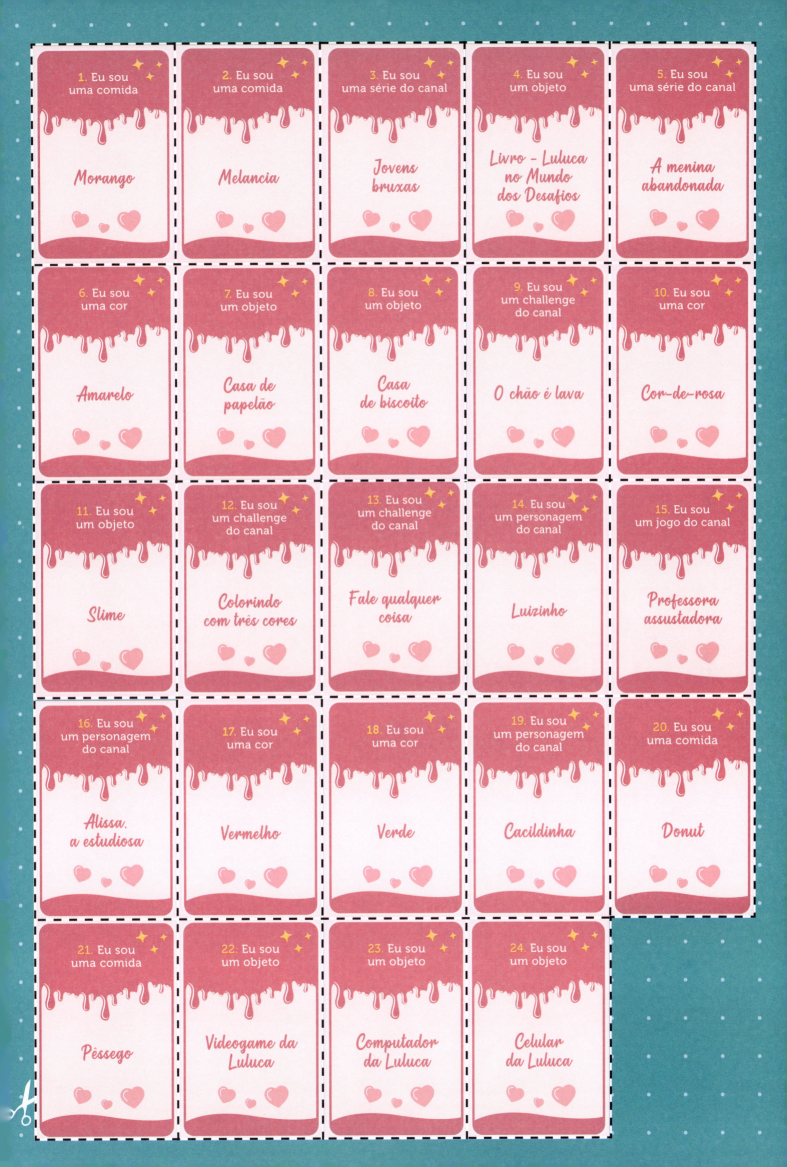

Início

1
2
3
4
5
6
12
13
14
15
16

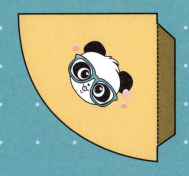

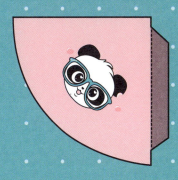

Colar:
Cortar:
Dobrar:

Luluca tem mais uma missão para cumprir, será que ela vai conseguir?

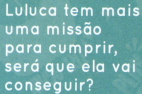

O Mundo 3D, onde antes os personagens e cenários tinham volume, agora está todo achatado! E o mundo que passei antes era colorido e acabou ficando preto e branco... Ah, já entendi! Descobri qual é o bug dos games! Os jogos estão invertidos, é isso! Agora, preciso reverter a situação deste mundo, mas como vou fazer isso?

Labirinto de letras

Para descobrir como Luluca vai conseguir reverter a situação neste mundo, descubra qual caminho você deve seguir no labirinto, acompanhando as letras que formam palavras. Ao final, você descobrirá uma mensagem. Anote qual é.

Resposta: _____

Botão camuflado

Luluca precisa encontrar qual é o botão que vai transformar o jogo em 3D novamente. Você tem 45 segundos para descobrir qual é o único botão que não se repete. Valendo em 3,2,1!

Resposta: _____

43

Passagem escondida

Ajude Luluca a passar pelo labiirinto e encontrar o portal que a levará para a saída deste mundo.

Luluca finalmente chegou ao último mundo — por sinal, um que ela conhece bem, todo em pixel. O que será que tem de errado aqui?

AI, AI! O que está acontecendo? Parece que tem tijolos caindo...

Criptograma

Uma mensagem surgiu assim que Luluca chegou ao Mundo dos Tijolinhos. Você consegue decifrá-la?

E agora, como Luluca vai fazer para salvar este mundo?

Hmmm... Já sei!
Aqui, com certeza vou precisar usar a lógica para arrumar os tijolos novamente.

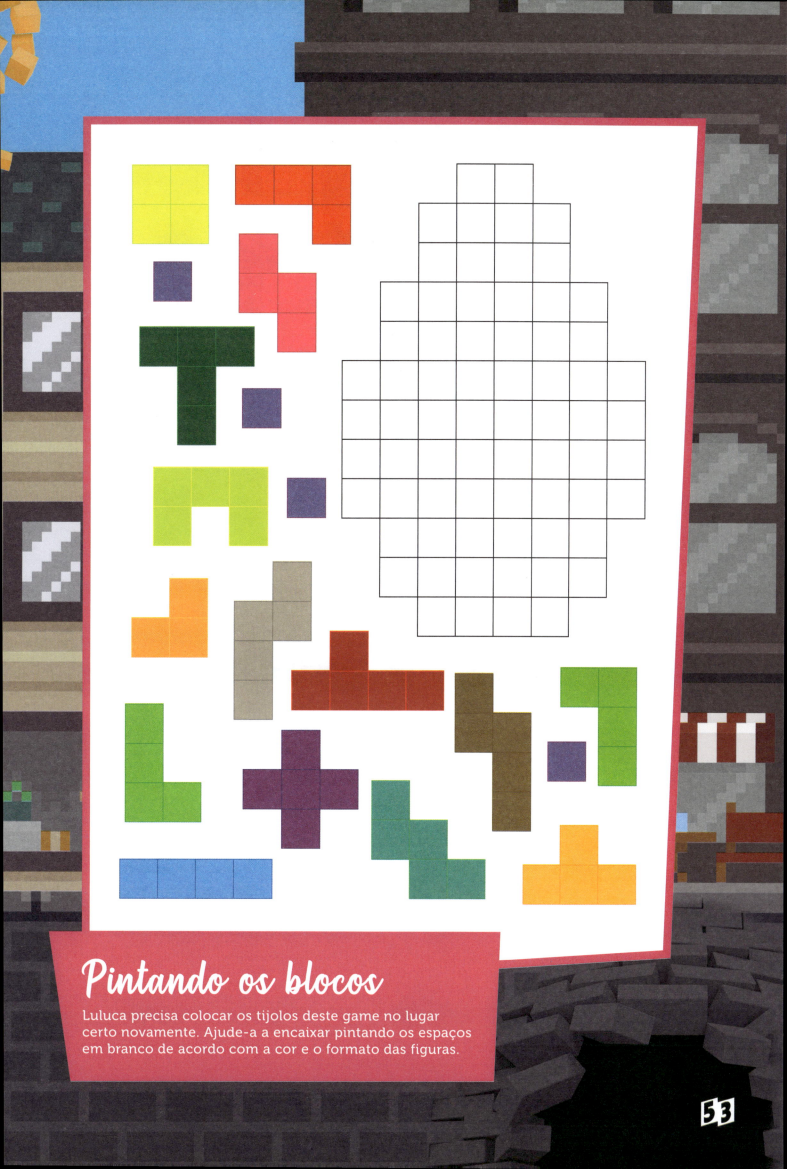

Pintando os blocos

Luluca precisa colocar os tijolos deste game no lugar certo novamente. Ajude-a a encaixar pintando os espaços em branco de acordo com a cor e o formato das figuras.

Construa o muro

Nada é tão fácil assim! Antes de seguir, Luluca precisa resolver mais um enigma para garantir que os tijolos não voltem a cair: agora, ela deve montar mais um bloco. Para descobrir como serão os encaixes dos tijolos, junte os tijolos escuros do muro 1 com os do muro 2.

Muro 1

 A

 B

 C

Muro 2

 D

 E

Sequência certa

O poderoso chefão passou uma missão para Luluca, agora, ela vai precisar usar as habilidades que ela ganhou nos outros mundos para conseguir resolver este enigma. Ela tem que achar, no quadro, as sequências que estão destacadas.

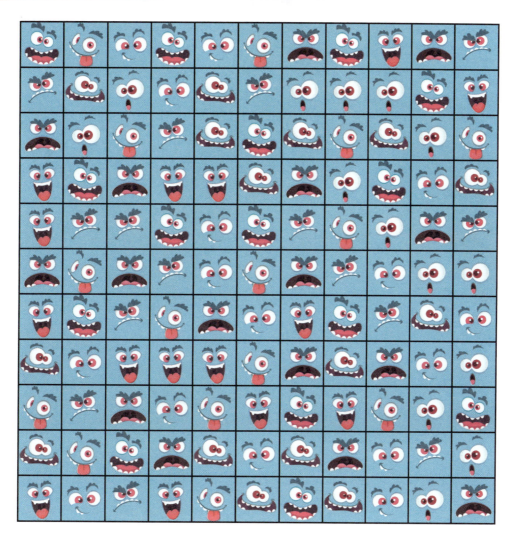

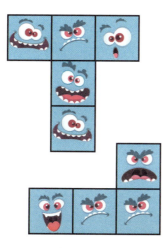
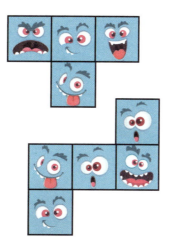
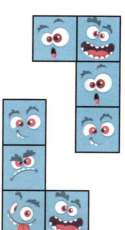

Respostas

Página 5

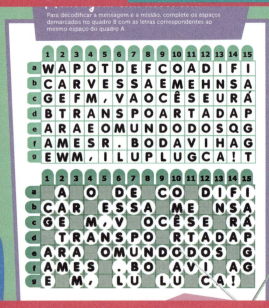

Resposta: Ao decifrar essa mensagem, você será transportada para o Mundo dos Games. Boa viagem, Luluca!

Página 11

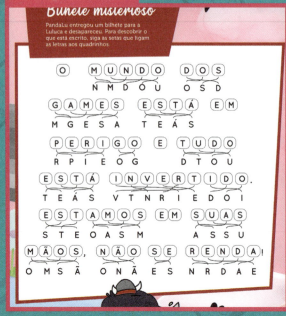

Página 9

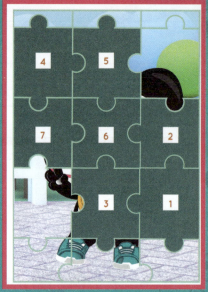

Páginas 12 e 13

Página 15

Resposta: SOMBRIO

Página 17

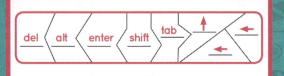

Páginas 20 e 21

Página 25
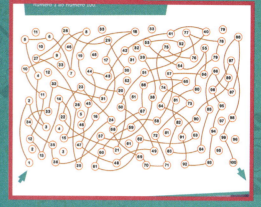

Página 26
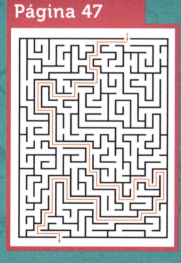

ES TE MUN DO
TI NHA TR AÇ OS
AL EGR ES, MAS
AGO RA FO MOS
TOD OS
TR ANSFORM AD OS

Página 39
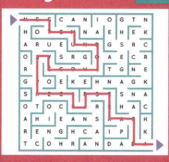

Resposta: Neste mundo você vai precisar ser rápida

Página 41
Resposta: B

Página 43
Resposta: 6H

Página 47
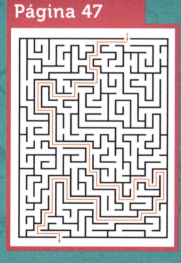

Página 51

O MUNDO DOS
TIJOLINHOS ESTÁ
DESMORONANDO!
COMO VOCÊ IRÁ
RECUPERÁ-LO?

Página 53

Página 55

Resposta: E

Página 57

Copyright ©2021, Luluca
Todos os direitos reservados à Astral Cultural e protegidos pela Lei 9.610, de 19.2.1998.
É proibida a reprodução total ou parcial sem a expressa anuência da editora.
Este livro foi revisado segundo o Novo Acordo Ortográfico da Língua Portuguesa.

Produção editorial Aline Santos, Bárbara Gatti, Jaqueline Lopes, Mariana Rodrigueiro, Natália Ortega e Renan Oliveira.
Fotos Rodrigo Takeshi
Capa Agência MOV e Aline Santos

Ilustrações Alluvion Stock/Shutterstock; Andrey Korshenkov/Shutterstock; BGStock72/Shutterstock; Cernecka Natalja/Shutterstock; chuckchee/Shutterstock; Deemak Daksina/Shutterstock; DOME STUDIO/Shutterstock; Dooder/Shutterstock; Emreseker/Shutterstock; Gohsantosa/Shutterstock; hermandesign2015/Shutterstock; Keron art/Shutterstock; Kit8.net/Shutterstock; Kmls/Shutterstock; lineartestpilot/Shutterstock; local_doctor/Shutterstock; lohloh/Shutterstock; Lunnaya/Shutterstock; Marylia/Shutterstock; Marysuperstudio/Shutterstock; Mykola Mazuryk/Shutterstock; Newgate666/Shutterstock; NotionPic/Shutterstock; ONYXprj/Shutterstock; OsherR/Shutterstock; Penpitcha Pensiri/Shutterstock; Rasim Mamedov-Sarkisov/Shutterstock; Rattanamanee Patpong/Shutterstock; Rodnikovay/Shutterstock; Sapunkele/Shutterstock; Svaga/Shutterstock; Totostarkk9456/Shutterstock; Tykcartoon/Shutterstock; Ungureanu Alexandra/Shutterstock; Vectorplus/Shutterstock; Victor Metelskiy/Shutterstock; Walada Salarat/Shutterstock; Yevheniia Rodina/Shutterstock

Primeira edição (Maio/2021) • Primeira reimpressão
Papel de miolo Offset 90g
Gráfica LIS

CIP-BRASIL. CATALOGAÇÃO NA PUBLICAÇÃO
SINDICATO NACIONAL DOS EDITORES DE LIVROS, RJ

L981L

    Luluca
        Luluca no Mundo Bugado dos Games / Luluca. -- Bauru, SP : Astral Cultural, 2021.
        64 p. : il.

    ISBN 978-65-5566-134-7

    1. Literatura infantojuvenil 2. Passatempos 3. Vídeo Game 4. YouTube (Recurso eletrônico) I. Título

21-1170   CDD 028.5

Índices para catálogo sistemático:
1. Literatura infantojuvenil : Passatempos 028.5

ASTRAL CULTURAL EDITORA LTDA

BAURU
Av. Duque de Caxias, 11-70
CEP 17012-151 - 8º andar
Telefone: (14) 3235-3878
Fax: (14) 3235-3879

SÃO PAULO
Rua Major Quedinho 11, 1910
Centro Histórico
CEP 01150-030
Telefone: (11) 3048-2900

E-mail: contato@astralcultural.com.br